Los reinos del norte

de Philip Pullman

GUÍA DE LECTURA

Escrita por Thibaut Antoine
Traducida por Juan Lopez

Los reinos del norte

de Philip Pullman

PHILIP PULLMAN

ESCRITOR INGLÉS

- **Nació en 1946 en Norwich, Inglaterra.**
- **Algunas de sus obras son:**
  - *La torre de los ángeles. En la encrucijada de los mundos,* volumen 2, 2000.
  - *El espejo de ámbar. En la encrucijada de los mundos,* volumen 3, 2001.
  - *La bella salvaje. El libro del polvo,* volumen 1, 2017.

El padre de Philip Pullman, piloto de la Real Fuerza Aérea británica, fue destinado a África cuando el escritor era un niño aún. La familia vivió allí algunos años, pero al morir su padre, su madre decidió regresar a Inglaterra. Pullman estuvo marcado por la figura de su abuelo, un clérigo anglicano, gran cuentacuentos al que debe su gusto por la narración.

Estudió filología en la Universidad de Oxford. A partir de los años setenta comenzó a dar clases y a escribir obras de teatro para sus alumnos; y en los ochenta obtuvo una cátedra en Oxford y Westminster. Tras la publicación de su libro *La maldición del rubí* (1986), se dedicó a escribir.

Apasionado de los cuentos, escribe, sobre todo (pero no exclusivamente) para los jóvenes. Pullman no se considera "escritor", pues este término le parece inapropiado; por lo que dice que "escribe cuentos" (presentación del autor, p. 503).

Actualmente es uno de los autores infantiles más leídos del mundo.

LOS REINOS DEL NORTE (EN LA ENCRUCIJADA DE LOS MUNDOS – VOLUMEN 1)

PRIMERA PARTE DE UNA TRILOGÍA DE INICIACIÓN

- **Género:** Novela

- **Edición de referencia**: *Les Royaumes du Nord. À la croisée des mondes (tome 1)*, traducido del inglés por Jean Esch, París, Gallimard Jeunesse, 2007, p. 500.

- **1ª edición:** 1995

- **Temas:** Fantasía, novela de iniciación, magia, adolescencia, *steampunk*, mundos paralelos

Los reinos del norte es el primer volumen de la trilogía *En la encrucijada de los mundos*. Es una novela de iniciación y se inscribe en la moda de la fantasía juvenil.

Sigue las aventuras de Lyra, una niña de once años que parte hacia el lejano norte para rescatar a su amigo Roger, secuestrado por los misteriosos Enfourneurs. La historia está ambientada en "un mundo similar al nuestro, pero diferente en muchos aspectos" (p. 7).

El libro, aunque criticado en el momento de su publicación por los círculos católicos conservadores, tuvo un gran éxito. Traducida a 40 idiomas y con casi 20 millones de ejemplares vendidos, es el segundo mayor éxito del género fantástico infantil, después de la saga de *Harry Potter*.

Los reinos del norte ha sido adaptada al cine (*Encrucijada: La brújula dorada*, 2007), el teatro, la radio, el cómic y los videojuegos.

RESUMEN

La historia comienza en Inglaterra, en una época que puede corresponder a la segunda mitad del siglo XIX (época victoriana). Lyra es una niña de once años, rubia, intrépida y poco interesada en la limpieza. Crece en la ciudad de Oxford, en el Jordan College, donde es educada, más que criada, por los Scholars, una hermandad de teólogos. Ellos, y en particular el Maestro, son los responsables de la educación de la niña, ya que se dice que sus padres murieron en un accidente aéreo. Lyra descubre la verdad más tarde; sedientos de poder y reconocimiento, han preferido abandonar a su hija en favor de sus propios intereses.

Lyra siempre va acompañada de Pantalaimon, su daimonion. En el mundo de Pullman, todo ser humano está vinculado a un animal que le sigue a todas partes y puede cambiar de forma según las circunstancias. Con Roger, el chico de la cocina y su mejor amigo, Lyra es una de las únicas niñas que viven en el establecimiento. Poco obediente, pasa el tiempo vagando por la ciudad con su pandilla de amigos. Pero los misteriosos secuestradores de niños, conocidos como los Enfourneurs, proliferan en la región y el número de desapariciones va en aumento. Un día, le toca a Roger ser secuestrado.

Escondida en un armario, durante un consejo de eruditos, Lyra asiste a la presentación de Lord Asriel, un gran explorador que regresa de una misión en el norte. Se presenta como su tío, pero resulta ser su padre. Cuenta a sus colegas sus descubrimientos sobre el polvo, una misteriosa partícula. Así como una fotografía de la Aurora, un fenómeno celeste que permite ver una ciudad situada en otro mundo.

La Sra. Coulter, exploradora y jefa del Consejo de Oblación, visita el Jordan College. Insiste en contratar a Lyra como su ayudante y llevarla a Londres. La niña está encantada, deseando ver mundo. Y ya sabe que Londres es sólo una parada en su viaje hacia el norte para rescatar a Roger. Antes de partir, el Maestro le ha regalado el aletiómetro, un objeto mágico, una especie de brújula con símbolos que, como su nombre indica (*alethia*: verdad; *metre*: medida), le permite leer la verdad. Una frase interrumpida, en la que el Maestro se refiere a Lord Asriel, perseguirá a Lyra durante toda la novela. Ella interpreta estas palabras como una misión: entregar el aletiómetro a su padre.

Tras un tiempo idealizando a la bella y poderosa señora Coulter (que, según se entera más tarde, es en realidad su madre), Lyra descubre aspectos más oscuros de su protectora y empieza a desconfiar de ella. Coulter es, en realidad, la jefa de los Enfourneurs, el Consejo de la Oblación del que hablaremos en detalle, más adelante.

Durante una fiesta organizada por el Consejo de Oblación, la joven escucha una conversación entre los invitados. Se dice que Lord Asriel está prisionero en Svalbard, en el Norte, de los Panserbjornes, osos acorazados con fama de invencibles. Cada vez más desconfiada de la señora Coulter (la heroína se entera más tarde de que su madre está detrás del cautiverio de Lord Asriel, entre otras tramas), Lyra decide huir.

Inmediatamente es perseguida y rescatada por tres gitanos, que la acogen en su comunidad. Ma Costa la cuida como si fuera su propia hija, y con razón, fue su nodriza cuando la joven heroína fue abandonada por su madre.

Llegan a Fens, donde se celebra una gran reunión de miles de gitanos para organizar una expedición al norte en busca de los niños secuestrados por los Enfourneurs. Fuera, una cacería humana está en marcha para encontrar a Lyra. Los gitanos la esconden y la expedición parte hacia el norte. Lyra descubre sus habilidades de navegación. Farder Coram y John Faa, el líder gitano, le revelan quiénes son sus verdaderos padres.

El convoy llega a la ciudad de Trollesund, en Laponia. Lyra, Farder Coram y John Faa se encuentran con el cónsul Lanselius, quien les dice dónde está la bruja Serafina Ladakka. La bruja puede ayudarles en su búsqueda, ya que está en deuda con Farder Coram. El cónsul también explica que una organización llamada Compañía de Exploración del Norte, con el pretexto de buscar minerales, está en realidad controlada por el Consejo General de Oblación. Esta empresa captura a niños y los mantiene prisioneros para practicar la "intercisión", un proceso que separa a los niños de sus demonios.

El cónsul también les pone sobre la pista de Iorek Byrnison, un oso exiliado al que han robado su armadura. Cuando Lyra encuentra la armadura de Iorek, éste recupera su dignidad y acepta acompañarlos para protegerlos.

La caravana regresa al norte. El daimonion ganso de la bruja Serafina Ladakka informa a Lyra de que los Buscadores de polvo operan en una estación experimental en Bolvangar ("Los campos del mal").

Lyra, cada vez más a gusto con el aletiómetro, lo consulta y le dice que, en un lugar no tan lejano a la ruta de la caravana hay una aldea encantada por el fantasma de un niño. Parte con Iorek hacia la aldea, donde encuentra a Toni, un niño pequeño acurrucado, privado de su daimonion. Se dice que está "mutilado", víctima de la intercisión, ha sido separado de su daimonion. Ella lo lleva de vuelta a la caravana, pero él muere en la noche.

Los Samoyedos atacan la caravana y Lyra es capturada. Los Samoyedos la entregan a los Bastardos. La llevan a la estación experimental de Bolvangar, donde se reúne con Roger.

Atrapada en Bolvangar, Lyra entra en una sala donde descubre daimonions encerrados en jaulas de cristal. Con la ayuda del ganso, el daimonion de la bruja Serafina Ladakka, consigue liberarlos. La Sra. Coulter llega a Bolvangar en su zepelín. Lyra se cuela en los techos para espiar una reunión. Los dirigentes de la estación discuten una nueva técnica para separar daimonions y niños, la guillotina. Lyra es vista y llevada lejos para ser separada de Pantalaimon. La guillotina está lista para separarlos cuando la Sra. Coulter interviene para detener el proceso.

La Sra. Coulter quiere hacerse con el aletiómetro. Lyra le da entonces una caja hecha por Iorek, en la que estaba encerrada una mosca espía, que se abalanza sobre el daimonion de la señora Coulter. Desestabilizada a esta última, pues los contactos de un daimonion son sentidos físicamente por su humano. Lyra aprovecha para escapar y hacer saltar la alarma de incendios, tras haber observado durante un simulacro la pésima organización del personal. Todos los niños escapan de la estación. Caminando de noche, en la nieve, son sorprendidos por los tártaros, guerreros nómadas que viven en el norte, quienes a su vez son atacados inmediatamente por las brujas y por Iorek. Entonces Lee Scoresby, un aeronauta y amigo del oso, viene a rescatarlos en globo. Tras una batalla en la que intervienen tártaros, gitanos, brujas y el infierno, Lyra huye con Roger y Iorek en la aeronave.

Vuelan hacia el norte, tirados por Serafina Ladakka, en dirección a Svalbard, la fortaleza de los Panserbjornes, considerada inexpugnable. Pero se desata una tormenta y Lyra sale despedida del globo. Es capturada por osos con armadura y encarcelada en la fortaleza.

Encerrada en una mazmorra, pide ver a Iofur Raknison, el rey oso, que acceda a reunirse con ella. Iofur, sentado en su trono con una gran muñeca de trapo en el regazo, sueña con ser un hombre y tener un daimonion. Lyra le cuenta que ella misma es el daimonion de Iorek Byrnison y que quiere convertirse en el daimonion del rey. La única forma de convertirse en uno sería que matara a Iorek en un solo combate. Así salva a Iorek de morir a manos del ejército de osos. Los osos, al verle llegar, le dejarán entrar en el palacio para luchar contra Iofur.

Los centinelas ven a Iorek a lo lejos. Lyra pide reunirse con él para decirle que tendrá que luchar contra Iofur. Le da las gracias, ya que lleva mucho tiempo soñando con este enfrentamiento, y la apoda Lyra Parle-d'or. Tras una violenta pelea, Iorek mata a Iofur y se convierte en rey de los osos.

Lyra, acompañada por Roger, Iorek y algunos osos más, parten en busca de Lord Asriel, que está prisionero en una lujosa casa, en lo alto de un acantilado. Como preso considerado político, recibe todos los cuidados que requiere. Lyra entra en la casa con Roger e Iorek, con la intención de entregar el aletiómetro a Lord Asriel. Éste, creyéndose incapaz de utilizar el objeto sin el manual, se lo deja a Lyra, que sabe utilizarlo sólo por intuición.

Lord Asriel secuestra a Roger. Necesita la energía que se difunde durante la separación del niño de su daimonion, para poder crear un puente hacia el otro mundo, el que se ve a través del Amanecer.

Lyra e Iorek van en busca de Lord Asriel. Son atacados por brujas y luego atrapados por la señora Coulter. Los osos se encargan de luchar contra la Sra. Coulter, acompañados por los tártaros. Lyra continúa su persecución con Iorek. Su carrera se ve interrumpida por una grieta, que sólo puede ser cruzada por un frágil puente. Iorek es demasiado pesado y tiene que abandonar la persecución. Lyra continúa sola. Se une a Lord Asriel, que prepara la separación de Roger y su demonio. Roger muere. Lord Asriel y la Sra. Coulter, que se ha unido a ellos, se besan como dos enamorados. La Sra. Coulter se niega a seguir a Lord Asriel, que escapa al otro mundo. Lyra decide seguirle para entrar en el cielo del Amanecer.

ESTUDIO DE CARACTERES

LYRA BELACQUA (LYRA PARLE D'OR)

Lyra es una joven rubia de ojos claros. Es delgada y pequeña para su edad. Su pelo y sus uñas suelen estar sucios.

En *Los reinos del norte*, los pasajes que narran las aventuras de Lyra están en foco interno. El lector sigue su progreso a través de los ojos del niño. Pero el narrador alterna los puntos de vista, introduciendo pasajes en foco cero para dar al lector una información que Lyra ignora y que aumenta la tensión dramática. Por ejemplo, una discusión entre el Maestro y el Bibliotecario, de la que Lyra está ausente, nos dice que su papel en el futuro del mundo es crucial, pero que ella no debe ser consciente de ello (p. 47).

Su apellido, Belacqua, hace referencia a un personaje de La *divina comedia* de Dante. En el poema italiano, Belacqua es uno de los "indolentes", aquellas almas incapaces de elegir y actuar entre el bien y el mal.

Lyra es hija de una relación adúltera entre Marisa Coulter (Sra. Coulter) y Lord Asriel. Cuando nació, tuvo que ser escondida por su madre porque el marido de la Sra. Coulter, ante el evidente parecido de la niña con su padre biológico, intentó eliminarla. Lord Asriel, negándose a confiarla al convento, encomienda su educación a los eruditos del colegio.

Indisciplinada, pasa el tiempo jugando con los niños de la calle, especialmente con Roger Parslow, el chico de la cocina del Jordan College. Le interesan poco los conocimientos teóricos que imparten los Eruditos, pero su relación con el saber es compleja, pues su curiosidad por el polvo y el otro mundo la llevará a cruzar el Amanecer, donde le aguardan muchos otros peligros en el resto del libro.

También es muy astuta, experta en el arte de mentir, desarrollará extraordinarias facultades de intuición, sobre todo en el uso del aletiómetro. Llevada por su coraje, representa, dentro de este sistema totalitario, el impulso revolucionario, apoyado en la aspiración a la libertad.

DAEMONS

En el mundo de Lyra, cada ser humano tiene un daimonion. Adoptando la forma de un animal, cambia de aspecto según la situación. Cuando alcanza la edad adulta, su forma se convierte en permanente.

Entre el exterior y el interior, entre el otro y uno mismo, el daimonion es como una prolongación del personaje. La comunicación entre el humano y su daimonion puede ser verbal o infraverbal. Por ejemplo, se vuelve muy pequeño cuando el personaje tiene miedo; o, al revés, el humano se siente tocado cuando su daimonion es tocado por alguien. A excepción de las brujas, los humanos y los daimonions no pueden alejarse unos de otros. Están unidos por un vínculo tan fuerte que la amenaza de separarse les sume en una profunda angustia.

Una ley, "el gran tabú", prohíbe tocar el demonio de otro humano. Cuando a Lyra, en Bolvangar, los Infiernos le arrebatan a Pantalaimon, siente esta agresión como si "una mano ajena hubiera entrado en ella" (p. 350).

El plan del Consejo de Oblación es separar a los niños de sus demonios, porque una vez mutilados son como fantasmas y ya no representan un peligro para el Magisterio.

Pantalaimon

Pantalaimon, al que Lyra llama "Pan", es el daimonion de la heroína. Su nombre se basa en las palabras griegas *Pan* ('todo') y *eleimon* ('misericordioso'), y significa "el que todo lo perdona". A veces en forma de armiño para abrigarse, a veces de ratón para ser discreto deslizándose en su bolsillo, a veces de gato o de pájaro, es su más fiel compañero. Es tan inseparable de ella que resulta difícil darle un estatus de personaje como tal.

SEÑOR ASRIEL

Lord Asriel es un hombre alto, de aspecto bestial, hombros anchos y rostro oscuro y feroz (p. 23). Desprende tal fuerza que nadie puede ser condescendiente con él (p. 24).

Lord Asriel, el padre de Lyra, presentado por primera vez como su tío, es un académico del Colegio Jordán. Figura solitaria y misteriosa, es un gran explorador y dirige expediciones al norte. Para financiar un nuevo viaje, cuenta a los becarios del Jordan College sus descubrimientos sobre el polvo. Su proyecto es establecer un puente para acceder a esta ciudad visible sólo durante la Aurora: un universo paralelo, superpuesto al nuestro (en las auroras boreales, las partículas eléctricas de la Aurora hacen más fina la materia de nuestro mundo, y nos permiten ver otros universos). Su megalómana búsqueda espiritual le lleva tras las huellas del origen del polvo, de la muerte, del pecado, de la miseria, del gusto por la destrucción. Dice que quiere matar a la muerte. (p. 475).

Al principio del libro, el rector del Jordan College intenta envenenarlo. Este episodio nos lleva por mal camino. Como víctima potencial, nuestra simpatía se dirige naturalmente hacia él. Pero resulta ser egoísta y despiadado, e incluso mata a Roger, el mejor amigo de Lyra.

Personaje severo y poderoso, ejerce una fascinación sobre su hija, que soporta el peso de su egoísmo. Dice que no la ama, pero no puede dejar de admirarle; y cuando se entera de que está preso en Svalbard, la fortaleza inexpugnable, hará cualquier cosa por encontrarla.

Aunque sólo aparece al principio y al final de la novela, Lord Asriel es un personaje central, al igual que su fascinación por Lyra. Es objeto de conversaciones entre los protagonistas y, sobre todo, es él quien despierta el deseo de Lyra de saber más sobre el polvo, y hacia él tiende la búsqueda de la heroína.

Su demonio es un leopardo, un ser orgulloso, hermoso y asesino (p. 475).

MARISA COULTER

La Sra. Coulter es descrita como una mujer joven, delgada y hermosa, con pelo negro brillante.

Es un personaje que cumple varias funciones. Al principio del libro, Lyra, que sólo ha vivido en el Jordan College con hombres mayores aburridos y austeros, siente gran admiración por esta mujer que ha venido desde Londres a buscarla. La ve como la madre que le hubiera gustado tener, y que resulta ser su verdadera madre. La Sra. Coulter ayuda a poner en marcha el viaje de Lyra.

Al igual que su ambivalente relación con Lord Asriel, al que ha encarcelado pero que parece ser el único hombre al que puede amar, la Sra. Coulter sabe utilizar sus encantos para conseguir sus intenciones. Hambrienta de poder, hará cualquier cosa para dominar. Casada por primera vez con Edward Coulter, un político ambicioso, dirige toda su energía a su ambición después de la muerte de éste al presidor el Consejo de Oblación. Es este segundo lado, más oscuro, el que dominará al personaje a partir de ahora. Fomenta varios complots, por ejemplo, está detrás del exilio de Iorek Byrnison, para que Iofur Raknison reine sobre los osos; encabeza el proyecto de separar a los niños de su daimonion; y ha hecho encarcelar a Lord Asriel, su amante. Con Lyra, no es tan cruel, pero parece tener algún oscuro plan.

Su daimonion es un mono de pelaje dorado que utiliza, entre otras cosas, para capturar niños.

IOREK BYRNISON

Iorek Byrnison, un príncipe desterrado del reino de Svalbard por haber matado a uno de sus congéneres. Es un pansebjorne, un oso con armadura de fuerza colosal. La armadura de los osos es comparable al daimonion de los humanos, pues constituye su esencia espiritual. Un oso sin armadura – como es el caso de Iorek cuando Lyra lo conoce – es un oso deprimido y sin alma. Lyra le permite encontrarla, a cambio de lo cual Iorek seguirá a la chica a lo largo de sus aventuras. Su armadura está oxidada y abollada, pero le queda perfectamente, en contraste con la hermosa armadura de los osos del reino, y en particular la de Iofur Raknison, su rival y rey de Svalbard, a quien mata en una lucha organizada tras la cual ocupa su lugar.

Se dice que nadie puede engañar a un oso. Guerrero y herrero, pero también muy astuto, Iorek ayuda a Lyra a superar muchos obstáculos y la salva en varias ocasiones.

IOFUR RAKNISON

Iofur Raknison es el rey de los osos con armadura de Svalbard. Su armadura es lujosa, pero "sueña con otra alma" (p. 440). Su mayor deseo es poseer un daimonion. Como los animales no tienen, ha fabricado un muñeco de trapo con forma de hombre para suplir esta carencia. El contraste entre un oso real de brillante armadura y la muñeca que sostiene es singular. Evoca uno de los principales temas del libro (y de la adolescencia), a saber, la transición no lineal de la infancia a la edad adulta. El individuo "en tránsito" combina códigos de la infancia con otros tomados de la edad adulta.

Iofur, queriendo poseer un daimonion, ya funciona como un ser humano. Por esta razón, a diferencia de sus compañeros daimonions, es vulnerable al engaño. Lyra aprovecha para que Iorek le golpee.

LOS GITANOS

Ma Costa, Farder Coram, John Faa, son los gitanos que acogen a Lyra y la protegen de la cacería humana organizada por el Consejo de Oblación. Su comunidad ha perdido muchos niños a manos de los secuestradores. Son una ayuda esencial para Lyra en su búsqueda hacia el norte. Le revelan a Lyra mucha información sobre su pasado, especialmente sobre sus padres.

SERAFINA LADAKKA

Aunque es difícil clasificarlas – algunas en el papel de ayudantes, otras en el de oponentes –, en esta novela no se equipara a las brujas con las viejas feas. Pueden ser bellas y seguir siendo jóvenes, aunque vivan cientos de años. Serafina Ladakka es un ejemplo. Esta hermosa mujer de ojos verdes aparece más como una figura sabia y benévola que como la arquetípica bruja que nos han dejado los cuentos de hadas. Las brujas se mueven en el frío polar sobre ramas de abeto, cubiertas con un simple velo de seda. Sienten el frío, pero pueden soportarlo, lo que les hace más humanos.

Serafina Ladakka ayuda a Lyra, pero es sobre todo su demonio-ganso (que, a diferencia de los humanos, las brujas pueden alejarse de él) quien revela información esencial, como la ubicación de la estación experimental.

CLAVES DE LECTURA

EN LA ENCRUCIJADA DE LOS GÉNEROS

Una novela fantástica

La historia se desarrolla en un mundo que tiene muchas similitudes con el nuestro, sobre todo, con la geografía y la ambientación de la Inglaterra victoriana. Sin embargo, muchos elementos de lo maravilloso están presentes desde el inicio del libro, incluida la presencia de daimonions. A medida que la historia avanza, estos elementos se harán cada vez más presentes: criaturas imaginarias, brujas, etc.

Los reinos del norte puede clasificarse en el género proteico de la fantasía, pues los elementos sobrenaturales y la magia forman parte integrante del mundo de los personajes. A diferencia del género fantástico, en el que lo sobrenatural, al irrumpir en el mundo real, provoca ansiedad.

Subcategorías de libros de fantasía

La clasificación de las obras de fantasía puede especificarse según varios criterios. Una de ellas es la naturaleza del entorno espacio-temporal, especialmente relevante en el caso de *Los reinos del norte*. Marshall et al. en *Fantasy Literature* (1979) distingue entre la **alta** y **baja fantasía**.

En la **alta fantasía**, los personajes viven exclusivamente en un mundo imaginario con su propia historia, geografía y leyes. La atmósfera suele ser mágica, por ejemplo, en *El señor de los anillos*.

Fantasía baja es el término utilizado para describir obras en las que la trama se desarrolla en un mundo cercano al real y se comunica con otro mundo, sobre todo, a través de pasajes de los que a veces no hay retorno.

Los reinos del norte se inscribe, pues, en la baja fantasía. El mundo de Lyra, aunque incorpora elementos sobrenaturales como la energía ambarina, los daimonions, etc., tiene grandes similitudes con el nuestro. Crece en Oxford, pasa algún tiempo en un Londres que podría ser el de la época victoriana, antes de viajar a Laponia (El ran norte). Así, los elementos sobrenaturales se introducen de forma natural en un entorno que no se contradice inmediatamente con nuestro mundo. En cuanto al marco temporal, no hay datos precisos que permitan datar la época en la que se desarrolla la historia.

Paralelamente a la trama, se revela la existencia de otro mundo, visible sólo desde el lejano norte y durante la aurora boreal. Lyra llegará a esta ciudad al final de la novela.

Steampunk

El libro también bebe de la estética *steampunk*, sobre todo en la primera parte, que transcurre en Inglaterra.

El steampunk, literalmente "punk de vapor", es una corriente literaria y cinematográfica que suele estar ambientada en la Inglaterra de finales del siglo XIX, época de la primera revolución industrial. Es un tipo de ucronía, una narración literaria cuya premisa es la reescritura de la historia. El escenario histórico es el del mundo real, pero un acontecimiento difiere de él y conduce a una serie de consecuencias ficticias. *El steampunk se* ambienta en un mundo en el que están muy presentes las máquinas de vapor y los mecanismos fabricados con metales nobles, como el cobre o el latón. *The League of Extraordinary Gentlemen* (2003), de Stephen Norrington, adaptación cinematográfica del cómic de Alan Moore, es una obra emblemática de este movimiento.

La ambientación espacio-temporal de *Los reinos del norte* recuerda a la Inglaterra victoriana, por el estilo de vestir de los personajes, la calle Oxford sin coches, la feria de caballos, etc. Algunos objetos, en particular el aletiómetro, que parece una gran brújula de cobre y cristal, remiten a estas herramientas imaginarias de mecánica aparente, muy presentes en el universo *steampunk*. Aunque las máquinas de vapor propiamente dichas están ausentes del libro, el zepelín de la Sra. Coulter y el globo de Lee Scoresby son elementos recurrentes en este universo.

Una historia de iniciación

Además, *Los reinos del norte*, y más aún, la trilogía en su conjunto es una historia de iniciación, una estructura narrativa frecuente en los libros de fantasía. Al principio del libro, Lyra es todavía una niña que sólo piensa en jugar y en desafiar los límites de una autoridad paternalista representada por los Eruditos. Esos "padres", que parecen demasiado mayores para interesarse realmente por la educación de la intrépida joven – exacerbado el conflicto de generaciones – no pueden comprenderla. A lo largo de la novela, y, más aún, a lo largo de la trilogía, se enfrenta a una serie de obstáculos que la hacen sufrir y evolucionar. Perfecciona su arte de la astucia y la mentira, que ya no sólo sirve para justificar sus fechorías disciplinarias ante los Eruditos, como al principio del libro, sino que le permite elaborar planes para salvar vidas. También desarrolla extraordinarios poderes de intuición a través de la lectura del aletiómetro.

A pesar de los obstáculos, no retrocede, como si la llamara su destino. Se enfrentará a la dura realidad de la que estaba protegida en el Jordan College: la verdad sobre sus padres, el destino de los niños secuestrados y la crueldad que se desprende de las ansias de poder de algunos adultos. A medida que pase por estas pruebas, ampliará su visión del mundo y saldrá menos ingenua. Al final del tercer volumen, Pantalaimon adoptará su forma definitiva, señal de que la heroína está entrando en la edad adulta.

EL ESQUEMA NARRATIVO

Los reinos del norte sigue un patrón narrativo relativamente clásico en el género de la novela de iniciación.

Situación inicial

Junto a su mejor amigo Roger, Lyra vaga por la ciudad de Oxford, buscando oportunidades para romper las reglas de los austeros académicos del Jordan College. En la ciudad y sus alrededores, los Inferno son un grupo misterioso que forma parte de la leyenda, ya que secuestran niños. Una noche, oculta en un armario, Lyra asiste a una reunión en la que se entera de la existencia del "polvo", una partícula visible sólo desde el lejano norte. Quiere seguir a su tío Lord Asriel, quien regresa, pero él se niega a llevarla.

Elementos perturbadores

Roger es secuestrado por los Infernales. Este elemento inicia la búsqueda de Lyra para encontrar a su amigo, pero actúa más bien como una palanca narrativa que la llevará a descubrir el objeto de su verdadera búsqueda: encontrar a Lord Asriel.

Eventos

- Aparece la Sra. Coulter. Lyra la acompaña a Londres y se convierte en su ayudante.

- Lyra decide huir de casa de la señora Coulter. Perseguida, es salvada por los gitanos. Lyra se embarca con ellos hacia el norte.

- Lyra conoce a Iorek Byrnison, un oso desprovisto de su armadura, al que la muchacha encuentra. Iorek ahora la acompaña.

- La caravana gitana es atacada y Lyra es capturada por unos Samoyedos que la venden a los Bastardos. Llega a Bolvangar, la estación experimental, donde se reencuentra con Roger.

- Consiguió escapar.

- Lyra es acogida por Lee Scoresby. Vuelan a Svalbard.

- Un ataque de los monstruos del acantilado hace que Lyra se caiga de la bola. Es capturada por los osos acorazados y llevada a Svalbard.

- Es tomada prisionera en el reino de los osos.

- Consigue organizar una pelea entre el rey Iofur y Iorek. El compañero de Lyra que gana la pelea.

Resolución

Tras derrotar a Iofur, Iorek se convierte en rey de Svalbard. Acompaña a Lyra a entregar a Lord Asriel, que sorprendentemente no se alegra de ser liberado. Este último no quiere el aletiómetro.

Situación final

Lord Asriel escapa secuestrando a Roger, a quien mata para poder utilizar una instalación de herramientas filosóficas y construir un puente hacia el otro mundo. Lyra, ahora sola, sigue a su padre hasta el otro lado del Amanecer.

Al liberar a Lord Asriel, Lyra, aunque logra el objeto de su búsqueda, parece cometer un error. De hecho, su padre, una vez liberado, se apresura a matar a Roger y huye a través de la aurora al otro mundo. Pero este giro – aparentemente un fracaso para Lyra – le permitirá a la heroína descubrir el otro mundo, que será el tema del segundo volumen de la trilogía.

EL RÉGIMEN ACTANCIAL

Como el esquema actancial se basa en la acción, tomaremos como modelo principal la búsqueda de Lyra para liberar a Lord Asriel del reino de Svalbard. La búsqueda de Roger puede verse sólo como un paso hacia el reencuentro con el Erudito, de hecho, Roger es un personaje poco desarrollado. Aunque precede dentro de la cronología de la historia a la búsqueda de Svalbard, la búsqueda del amigo desaparecido es secundaria en cuanto a la trama.

- Destino: Lyra está destinada a desempeñar un papel importante en el destino del mundo – destino inconsciente de la protagonista, que es evocado por el Maestro.

- El Maestro, un falso actante de Greimas: Lyra cree, a raíz de una frase interrumpida, que debe entregar el aletiómetro a Lord Asriel. Por tanto, el amo no es realmente un actante, pero Lyra se lo imagina como tal.

- El deseo personal de Lyra de saber más sobre su padre, por razones que pueden tener más que ver con lo que Lord Asriel sabe y podría enseñarle que con el vínculo emocional entre los dos protagonistas.

* La curiosidad de Lyra por el lejano norte, el polvo y el Amanecer.

Destinatarios

* Lord Asriel, que será liberado.

* Lyra, pero que es inmediatamente decepcionada por su padre.

Aditivos

* El Dr. Lanselius, que le dará información valiosa.

* El valor y la astucia de Lyra

* Los gitanos, que la acogen y la llevan al norte.

* Iorek Byrnison, el oso que la protege con su fuerza.

* La bruja Serafina Ladakka y su demonio ganso

* Lee Scoresby la salva con su pelota.

* El aletiómetro, que revela la verdad y le permite engañar al rey de Svalbard, entre otros.

Oponentes

* La Sra. Coulter, que quiere secuestrar a Lyra y utilizarla como cebo para capturar a otros niños.

* El Consejo de Obligación, que elimina a Lyra.

* Los tártaros, que atacan el convoy gitano.

* Los osos con armadura de Svalbard

LA CUESTIÓN RELIGIOSO-POLÍTICA: ¿UNA NOVELA HERÉTICA?

En el trasfondo de su trilogía, Philip Pullman elabora una original teología que mezcla filosofía, cristianismo, física cuántica y universos paralelos. *Los reinos del norte* establece los fundamentos de esta teología.

La polémica

Cuando se estrenó en Estados Unidos la adaptación cinematográfica del primer volumen *Encrucijada: La brújula dorada*, los círculos cristianos conservadores, en particular la Liga Católica por los Derechos Religiosos y Cívicos protestaron. Denunciaron la película como herética, que vendería ateísmo a los niños (Noiville, F. «Qualifié d'antichrétien, l'écrivain Philip Pullman préfère en rire», *Le Monde*, 3 de diciembre de 2007).

Antoine Gallimard, el editor francés de Philip Pullman, dijo lo siguiente (*ibid.*):

> *"Si hay cuestiones metafísicas, no tienen nada que ver con los evangelios. Reflejan una búsqueda espiritual familiar para los niños. ¿Quiénes somos? ¿De dónde venimos? ¿Qué hay detrás del mundo visible?"*

Entonces, ¿qué fue lo que perturbó tanto a los círculos católicos?

El mundo de Lyra es un mundo distópico. Una distopía es una historia de ficción ambientada en una sociedad totalitaria, que deja poco espacio al individuo. Es una crítica a la organización religiosa. El orden de la sociedad está regido por una Iglesia todopoderosa, con el

Magisterio como órgano represor. El aspecto represivo de este sistema totalitario no tiene tanto que ver con el comportamiento de los individuos como con un dogma cerrado que impide cualquier investigación, espiritual o científica, que no siga los cánones teológicos impuestos. El control del pensamiento se ejerce con el objetivo de preservar un determinado orden mundial. El descubrimiento del polvo es una amenaza para la Iglesia, y la institución intenta mantener en secreto la existencia de la misteriosa partícula y los universos paralelos a los que está vinculada. En el mundo de Lyra, la organización política es, pues, inseparable de la religión. El Magisterio es una alegoría de las luchas de poder, rivalidades, secretos y traiciones habituales en cualquier organización política, por no hablar de la Iglesia.

Además, como hace con la geografía, Pullman secuestra la historia. Mezcla los nombres de personajes históricos en su relato, pero los reinventa, difuminando así los límites entre ficción y realidad, lo que confiere a su novela un carácter ucrónico. Por ejemplo, convierte a Juan Calvino, conocido como El gran reformador, en un papa que, tras trasladar la sede del papado a Ginebra, habría creado el Tribunal Consistorial, cuya misión es luchar contra los herejes. A partir de este momento ficticio, la Iglesia ejerció un control absoluto sobre el mundo. Tras la muerte de Juan Calvino, los distintos colegios, concilios y universidades se reunieron para formar el Magisterio, en cuyo seno surgieron numerosas disputas.

Una reescritura del Pecado Original

El Consejo de Oblación, conocido por los hijos de Lyra como los Enfourneurs, es un órgano del Magisterio. Uno de sus objetivos es separar a los niños de su daimonion, de la misma manera en que los castrati cantantes del siglo XVI eran castrados para que no mutaran. De este modo, los niños al crecer no atraerían al Polvo.

¿Por qué los Enfourneurs practican tales mutilaciones?

Pullman, en una reescritura de un pasaje del Antiguo Testamento, hace decir a Lord Asriel: "Con el sudor de tu frente comerás tu pan, hasta que vuelvas a la tierra, pues de ella fuiste tomado… Porque polvo eres y en polvo te convertirás" (p. 469). Según el padre de Lyra, el nombre "polvo" tiene un origen bíblico. Pullman va más allá en su adaptación del Génesis y reescribe parte del mito de Adán y Eva, que termina así:

> *"Pero cuando el hombre y la mujer conocieron sus daimonions, comprendieron que se había producido un gran cambio en ellos, pues hasta entonces era como si fueran uno con todas las criaturas de la tierra y del aire, y no había diferencia entre ellos.*
>
> *Entonces vieron esta diferencia, conocieron el bien y el mal…"* (p. 468)

El reto de "conocer al daimonion" va pues, más allá de la calidad de la relación entre el humano y su alter ego animal. Este gran cambio es la entrada a la edad adulta, momento que conviene recordarlo, ya que la forma del daimonion se fija y el ser humano puede, por tanto, conocerlo. De este conocimiento – que, en la teología de Pullman es el pecado original – procede la recepción del polvo y su depósito en los seres conscientes. El ser humano, al entrar en la edad adulta, se vuelve consciente, lo que para el Consejo de la Oblación representa una amenaza.

Mundos paralelos

En el mundo de Lyra, la Iglesia enseña que hay dos mundos: el material y el espiritual. Este último se divide entre el Cielo y el Infierno. Una vez más, Pullman juega con los límites entre la ficción y la realidad, ya que esta dicotomía podría aplicarse a la Iglesia real. En la novela, Barnard y Stokes, dos teólogos heréticos, plantean la hipótesis de la existencia de muchos mundos similares al de Lyra: "Ni cielo ni infierno, sino mundos materiales, manchados por el pecado" (p. 46). Esta teoría, refutada por la Iglesia, sería apoyada por las investigaciones de la teología experimental. Investigaciones llevadas a cabo, entre otros, por Lord Asriel. El Maestro, al principio de la novela, al intentar envenenar al explorador, pretende proteger al colegio de acusaciones de herejía que podrían poner en entredicho el apoyo de sus mecenas, como el Consejo de Oblación. Hasta Lord Asriel, nadie pensaba que fuera posible cruzar de un mundo a otro. Sus investigaciones le llevan a creer que es posible, lo que confirmará el final del libro.

VÍAS DE REFLEXIÓN

ALGUNAS PREGUNTAS PARA SEGUIR REFLEXIONANDO...

- ¿Qué hace de Los *reinos del norte* una novela de iniciación?

- ¿En qué sentido son los mundos paralelos una esperanza contra el totalitarismo?

- Haz un diagrama actancial de Iorek Byrnison en su conquista del reino de los osos.

- ¿En qué se parece la estructura del libro a la del cuento?

- Compare la novela con la adaptación cinematográfica.

- Phillip Pullman no se considera escritor, sino narrador. Explícate.

- ¿Cómo difumina el autor los límites entre realidad y ficción?

- ¿Cómo entender que la forma de los daimonions se fije en la edad adulta?

PARA IR MÁS LEJOS

EDICIÓN DE REFERENCIA

PULLMAN P., *Les Royaumes du Nord. À la croisée des mondes – tome 1*, París, Gallimard, 2007.

ESTUDIOS COMPARATIVOS

BAZIN L. "¿Mundos posibles, mañanas que cantan? Projections utopiques dans la littérature de jeunesse contemporaine", *TRANS* – [En ligne], 14 | 2012, en línea 24 de julio de 2012, consultado el 01 de octubre de 2016. URL: http://trans.revues.org/567 ; DOI : 10.4000/trans.567

HÉBERT L. , « Le modèle actanciel », en Louis Hébert (ed.), *Signo* [en línea], Rimouski (Québec), 2006

NOIVILLE F. « Qualifié d'antichrétien, l'écrivain Philip Pullman préfère en rire », *Le Monde* https://www.lemonde.fr/cinema/article/2007/12/03/qualifie-d-antichretien-l-ecrivain-philip-pullman-prefere-en-rire_985280_3476.html

ADAPTACIONES

Cómics: MELCHIOR-DURAND S., OUBRERIE C., *Les Royaumes du Nord*, tome 1/3 París, Gallimard, 2014

Adaptación cinematográfica: WEITZ C., *En la encrucijada: La brújula dorada*, 2007

Radionovela: radio británica BBC Radio 4, 2003

Teatro: HYTNER N., *Sus materiales oscuros*, 2003

Videojuego: *Crossroads: La brújula dorada*, SEGA, 2008

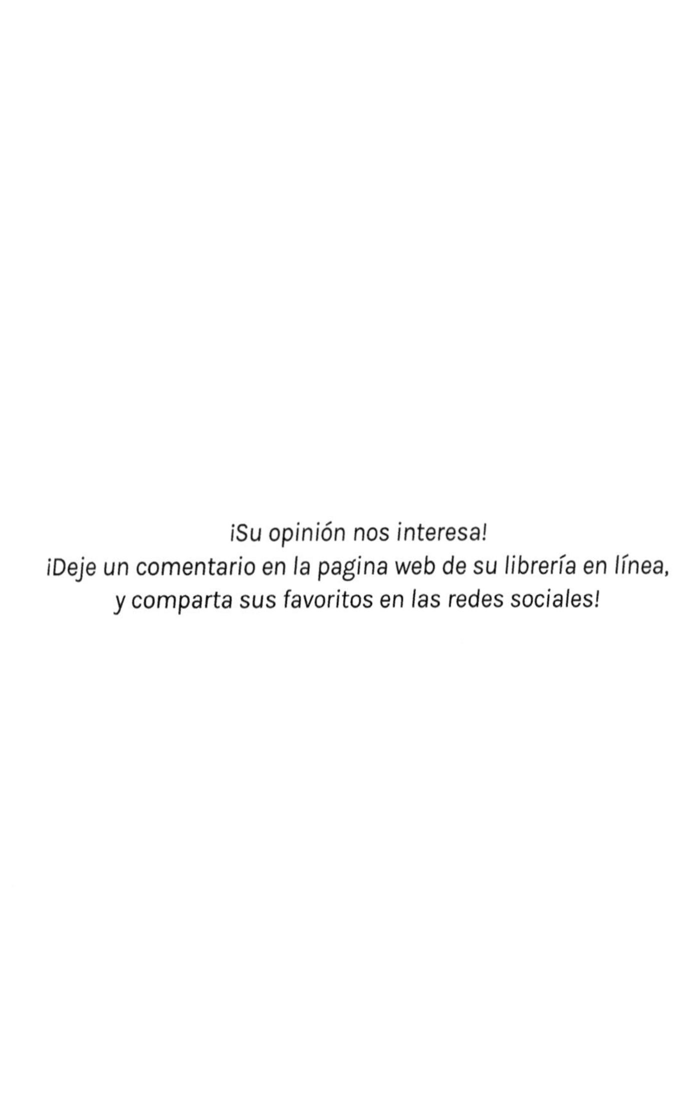

¡Su opinión nos interesa!
¡Deje un comentario en la pagina web de su librería en línea,
y comparta sus favoritos en las redes sociales!

Cien años de soledad
de Gabriel García Márquez
Memorias de Adriano
de Marguerite Yourcenar
El amor en los tiempos del cólera
de Gabriel García Márquez
El Alquimista
de Paulo Coelho
Historia de una gaviota y del gato que le enseñó a volar
de Luis Sepúlveda
Aura
de Carlos Fuentes

ISBN ebook: 9782808687270
ISBN papel: 9782808698672
Depósito legal: D/2023/12603/1147

Cubierta: © Primento
Libro realizado por Primento, el socio digital de los editores